U0330216

二十夜和一天

ZWANZIG NÄCHTE UND EIN TAG

萧开愚 著

附 古巴组诗

华东师范大学出版社

华东师范大学出版社六点分社 策划

目录

柏林夏寒

他们的表现经过了记录者的惊怪和文字的杂乱

Schaubühne, Kürfürstendamm*

夕阳暗动着。

听到死讯，白血自头皮漫卷长发。

分手十年，法国人带着梯子与酒

专注工地的癌扩散。

电影留在 UFA①，

脸上剔除景色。

原先想当教师，后来厌恶孩子

随地冒泡泡。

---

* 大剧院，库当街（此为诗题中文译名，后面诗作均同，
  都是德国真实地址。）
① 德国影业基地。

孩子她的寡活，当众扯谎，

偷外婆三千欧，连夜花光。

透气的衣裳紧身，

自赏遗传的孤芳。

怎么能夜宿东德，

怎么能让嚼字的人

把稀烂的从句

砸进脑沟，

怎么能在库当街

摇步装嫩？

满身放弃其中一个不忍

摁住了她。

心不在焉分神眨眼。

二〇一六，六月十日　SchivelbeinerStr. 46

Neuentempel 10，Vierlinden*

"十五世纪，艺术家在中欧任意走，

十七世纪，皇室扩军练肌肉，

二十世纪，我们的福利穷追我们的税收，

现在，失业者总之活着。"

十一点半，烈日暴晒他的端坐，

条桌的铁架和板裂吸其虚影，

石墙的锯盘的指针吞掉自己，

他站起一道光瀑。

儿子走来中年的压强，卷烟如

耗时，喝乃父的咖啡顺便告辞。

别后又坐下吃瓜，等其女儿

---

* 新庙 10 号，费儿林登

酝酿晚上柔道的招式。

或是握手女友不达意。

丁丁，东海的空气刻你的拳路，

幸亏你抱稳教授，天窗不宜久眺，

睡一会好，你挥耙

捞池塘恶霸金鱼的水藻。

谢谢粽子，使你的介绍有了依靠。

是呀，文学提炼的世界刁，

丰瞻的先生应酬高妙。

为妻对付生活的提问，村口

串通叙利亚，晚上合百的仪式

促膝对坐累及嚼橄榄吐子。

树荫慢推对躺椅，白鸽神游，

秋千荡过高茅，地平忽陡，

云悬在半空，阳台昨天腐朽，

等一份友情款至。

二〇一六，六月十二日　SchivelbeinerStr.　46

Am Eichgarten, Stadtpark Steglitz[*]

运河跳闪药片。

其疙瘩和膨化甚野，

鸳鸯扑腾交颈的倦态。

折柳、吹口哨的时刻

急湍的回响展开卷轴，

腻瓣后，眼闸释出细流。

蜜蜂受托蛰腿，红肿的

玲珑的北德港口泊吴船，

浩叹更深：对同事说错话了。

----

[*]　爱昔园，斯特格利茨城市公园

都是别国名字的德国人，

莫名的正确性，夜恐

顺为应召内助的基因。

装修和住户会议不胜其烦，

不像美男子抗风，扶住

外来妹纵身一跳的垮掉。

闹中取静不如隔绝。

不是 P2（Poesie über Poesie）①，

翔鸣在两栖的终点。

二〇一六，六月十五日

---

① 德文"诗论诗"。

Café Einstein Stammhaus*

薄霭喷洒院中碎石。

桌角高此低彼，

混在咖啡的流迹和滴溜

暮气婉转游移。

切割了乳房，雄起

贪杯样，片人清一色

入伙健康教，后痛

分散阵痛，术后惊诧论。

才不回去萨尔州，

为美犯困，十八年一大觉

———————

* 爱因斯坦咖啡

日后睡无眠。但是，

谁管谁！翻身甩脱无性，

脑海里出水的双岛

注销国籍之类维修费。

二〇一六，六月十六日

阳台上，Hanstedter Weg 8

提前退休钱多，

老爷车环游饭好，

话少挖而苦。

——我们也要一个单位，

也要提前退。

老树和墙裁减月亮，

蚊蝇上瘾烟熏，

欧洲杯 0 比 0。

——笑话全已遍览，网络

剥夺我们的配合。

但是柏林，劫匪横行，

踩某楼，挨户撬门。

可怜加州来的老太，我们的邻居，

背着家传的两公斤宝石扔垃圾。

散步、买菜和喘气。

去年或前年，筑地道抢银行

很遗憾，就我们德国人

完美计划和执行。

为了小资产者的利益，

请投 FDP①，AFD② 脸还没洗。

再见，夜晚不安全。

西柏林人烟日稀，东移的

市政困守坐井的法律。

就这样，德国过得去，

西班牙人在药店是一样的。

---

① 德国自民党。
② 德国选择党。

"抱歉，我不加入他们吓你。"

二〇一六，六月十九日

难民营，Spandau

我们走进隆起的塑料的蘑菇，

被白色揽入整洁的格子。

所有房间躺在床上这么多家庭这么多人！

"医生，"斋月的失血的脸，

温顺的希望的眼睛，

挥舞一摞表格，

"食堂饭您知道咽不下，

请签字证明我有病。"

每排楼几个小孩

跑上跑下，踢球用德语。

安详的哀求的气氛

绽现老套的分岔。

某一批出去租房住，

某一批回国整修破碎，

更多包括不知如何加入的

印度人和非洲人长居于此？

或为了保安等等不再失业？

眼下，这是数学无用的痛苦，

生命旺盛无事做。

德国人了解记忆

沤透的神经，始终，

散着裂土的余温。

唉，那夸大肩关节疼的黑巾老太

多么嫌弃德国造的止痛片，

（她花她的积蓄慢慢地上的船）。

我们疲于奔命显得多么幸运。

二〇一六，六月二十二日

Manfred-von-Richthofen Str. 12*

窗户降下使劲的天幕，

诊室里立柜和挂图回光

在你阴侧，通过巴赫，

被平静梳了头。

我们的病人越来越多，

家庭带来亲戚和朋友；

我们的日子越来越好，

人家挣得少，社会立锥了，

治疗这种承认不厌后。

注意力转身莫奈何

联网的病情，体征不舍昼夜。

是呀，家是分所，

距离省略自擂的电波。

想象摧垮身体，病就是病，

拒投保的极少数常常赌对。

很清楚，横比德国如鹤，

医院不让你死。

我没亲眼看见坏人。

二〇一六，六月二十五日

Hbf Köln, 25，06，2016[*]

玻璃的耳光扇进扇出，
"我不要巧克力!"

进出站的杂流跟台上
轮暴话筒的男女跟从高跷
俯下的姑娘齐跺脚，
"给我一支烟抽?"

又一个，又一轮，
讨烟屁股和空瓶。
"科隆不像德国，不像。
我们开放而且，疯狂。"

———————

＊ 科隆火车主站

"天下雨，我们心里

太阳大。""屁话。

要我

帮您吗?"多年经年

熏黑的蓝眼："请给一支烟抽。"

抱着酒瓶打呼的青年栽地，

趴在碎片上睡。

——你抓不住我，我会躲。

我的声音躲我。

我的喉咙、胸腔和肚肠死寂，

没什么可说。

我不懂语言是什么。——

"我不要巧克力!"

"我要。"

二〇一六，六月二十七日

An den Gärten 19，Bubenheim*

另一个自己回家，上楼，

关在房间练习她的练习。

我该做点什么，灯下三影

失落到一，时光乖巧倒退。

时差弄虚，电话如录读机，

吃饭和计划忙死艺术家。

社会和动物要倒在其所在，

真操心事态却不像真的。

父亲没有说明就过世了，

或者，确实，他不记得他

---

*　花园路 19 号，布本海姆

放过狠话。既往莫追呀。

（蛙的鸣位降低了几毫米）

简园和丘峦远近在外面，

是不满意但有时出去出去，

唉，我是幸运什么都有。

（屋后的樱桃浮起般落地）

二〇一六，六月二十九日

An den Gärten G, Bubenheim*

电视开着年复一年打枪和水灾

新闻还是枪战片无所谓

睡着在沙发就棒

早晨中午还是晚上无所谓

醒来喝酒抽烟就棒

卧室离电视远喝抽皆不便

沙发脏而美就像

一二十年前的社会，那时撞车进局子

现在警察到家里来

和扫烟窗的家伙到家里来

怀疑嫌弃嘟囔离开

爷爷早就离开了他带我十二岁进酒吧

---

* 花园路 G，布本海姆

看阿里吃拳头教我抽烟和喝酒

今年阿里死了我也快了

他说漂亮女人靠不住丑女人一起睡反胃

我离了女儿和她妈住村口那个村

和我同在盼你超市买日用

和她妈十年未见和她两年

她刚来电话约我明天晚饭

德国流行女人政治没意思

男人并不好我从意大利几千几千呀

买了块劳力士给父亲过生日

第二年他把我忘了

我们十五年不见他也住一公里外

同在盼你超市购买

左边邻居两口子都坏不给工钱

我自己掏腰包付了同事

斜对门邻居把我从超市捎回来

给我材料传我邪教

想得美，我们生活不同世

我不思考和沉思，复杂累人

我做枪，射穿字典可恶的字

台球，跳球和反弹进袋比较有趣

房子便宜出手无所谓

花得一分不剩死干干净净

二〇一六，七月四日

Beethoven Str. 3, Jena*

"欢迎过来，和我聊天，拍马屁，喝茶。

我把酒精和胡球整消灭掉了，

我娶了一个俄罗斯老婆。"

是呀，四十岁醒酒，后半生不够，

既在耶拿，就用它的镜头喝啦。

喝偏执的发型、凶恶的眼睛，

喝心脏的不跳和装疯迷窍，

喝二郎腿、罗圈腿、弹簧腿，

喝比例失调的气味。

——你看，我们德国人勤奋，我们德国

_____

* 贝多芬街3号，耶拿

很平静；房子刷新，广场装置

一组废品。好啊！我磨练到技术，

折腾折腾我的人。

他们的造型比我的要求过分，

别扭和呆板就像挤出的句子。——

不然，教书无聊之至，我会

和我的同事一样好而行尸，

我会把阿多诺的哲学倒写

写成一堆滑溜的无状的事实。

——我不再自觉是占领者

东德的问题是父母没遗产

留给孩子记忆管什么用

我买房父亲付了一半，我卖了张藏画

又买了一套出租。——

——耶拿是大学城，没有文化，

我得往柏林跑呀。

艾琳娜二十四，在 Charité 当护士，

她跟她妈长大，去柏林我住她那。——

二〇一六，七月八日

Filmbühne am Steinplatz*

但是，这里面也有政治性。

他们占领那幢楼一二十年了，

这次不是房东勒令他们，

而是国际投资公司。

柏林市政府直呼他们罪犯，

要暴力拿下，派警察硬来。

周六打得厉害，接下去如何，

看看吧，红绿不是什么左派。

为了好的价值，真正的民主，

我斗争了一辈子。在农村，

我选择了知识，就是越南，

---

*　斯泰因广场的电影中心

把我推上大街挥旗帜，

用理解的行动解放彼此。

多少人顽抗思想把自己葬入历史，

好像现实是玩出来的；

多少人顽抗思想把自己葬入现实，

好像历史的确缥缈。

狂风撕扯伞布，原来西德知识分子

在这里聚会，那时理想的人多些。

现在中学差劲，只懂狭隘的利益，

这里面有个党派的政治的腐蚀。

你看大学里，都等着领导做决定，

领导不开会，觉得讨论添乱？

他不知什么是好？他的决定

谁也不知有什么目的。

看看，这里那里街边黑一团乞丐，

桥下或就地睡。全世界一样

膨肿两极。原来一种人专卖解释，

后来一种人拿笔起义，貌似

山寨梯子自爬其实薄利积汇。

不，默克尔一直照顾资产阶级，

CDU①改造成了SPD②，但SPD

不自觉右而已，极左才有点左意。

幸亏父母不幽暗没家学，

平等不是克服到的，

听到雅斯贝斯讲中国，云雾里

跳出来拔牙的工具。

那时是乐观的呀！

紧张内在从不

为外压激励和消除，

研究到世界的面对则采行之。

二〇一六，七月十三日于柏林

——————

① 德国基民盟。

② 德国社民党。

Heidelberger Krug, Berlin*

没项目即没现在未来，

我擅长表格累但是值得，

不然法语等等没用处除了点菜。

不然，搬去新科隆，

让烧红眼睛的希望

把窗玻璃和睡眠撤销。

邻居是艺术家，被冲他们

买房搬来的中产挤过去了，

他们会再一次搬去更偏。

我的合同老而牢，

＊　海德堡·克鲁格吧，柏林

养老金低加外快足够了。

问题多是德国的又不是，

我不知道他们分歧什么，

我不知道我说什么。

我到处捡不起眼的小玩意，

每年增加一点名气。

不像书架取一补一，或狗

死了几年了，再买一条。

小东西的特性随时隐，

与其他块块坨坨混堆和混凝。

或者，访客摄走它们的基因，

顺变不确定和不起眼。

别怪我，我呆在老地方，

使用面积不断大，一出戏

冲突正紧，另一出从中岔出

又起矛盾，我得收拾戏中人。

哎哟高加索、苏格兰和南美，

给幕间插入徒步的陌生。

二〇一六，七月十九日于柏林

Lehrter Str. 19[*]

Oldenburg 靠北海，风紧雨多，

我家花园大，像是为了装水。

我们是孩子玩呀，地下室有鱼猜不透呀——

童年，三五十头猪和猪屎涂墙，

三千只鸡和鸡屎离地飞扬。

我学修理，电视、收音机、拿捏讯号的那些机器，

1982 年，我到柏林继续，主要为了逃兵役。

1983 年我染绿，党是交友和快乐的工具，

博伊斯活着，他做的奶酪大又多，不能吃，

我简单停下，突然悄无声息。

有人需要仰躺打字，有人需要手发声音，

---

[*]　乐尔特尔街 19 号

我的公司的设计使残障成为特殊的根据。

碰到他们，下班又绿，柏林讨论世界，

西德看重地区，总之好玩，

第一次大选我们败了，我们只谈天气。

专干政治会失业，业余搞挺实际。

全世界过德国日子地球马上没，

我们吃少些。呼循环的圆圈的吸。

生活像我经手的大楼，

无增减自动节能。

阳台边缘，鸟巢微动静，乌鸫发散破壳的湿温。

二〇一六，七月二十日

Am Wießensee[*]

七月的下午的骄阳和炭火烤着的香肠。

父亲，总在他的船上拧螺丝，

周末我们看他，就住船上。

平日和整个都是，都是母亲。

小学三年级遇到坏透的班主任，天晓得

为啥厌恶同学和我。

同学日后吸毒，我怕见几个数字

拼成他妈的等式。

至今我一页英文拼错两次，

德文五次。

---

*　白湖

上学的二十分钟和放学的二十分钟

那是我的自行车航行。

我不读但是听还有图片，

我不参军和大学

每天鸣笛赶去出事的家庭。

按心脏、人工呼吸、又抬又背，

那些车祸、断腿和苏醒，

触目的却是

总有一点两样的那些家庭。

那时，我认识一个人。

在我家楼下的酒吧里，我住

不来梅市中心。

他是艺术家不做艺术，

讲啊讲。

世界宽而多层而神经。

有一天，他没来。第二天第三天，

他没回他酒吧这个家。

老板或是店员听说他二十五岁

给撞街树的汽车撞死啦。

我借吸毒的同学的相机

拍了几张，

哎呀，拍拖的葬礼。

我当艺术家，大兄弟爱爱的照片赚了一笔，

单程票去上海，没想到合伙开公司。

十三年一个人变成四个人，回到柏林

柏林还是肮脏嘈杂，

柏林人还是不工作，很酷的样子。

二〇一六，七月二十三日

Majakowskiring[*]

这里真安静，

线过针孔的雷声。

昨晚没睡好，

　　没原因也没办法，

今天不知道，

　　为什么不困。

问题是他们的，

　　我见的不是他们。

你以为我的回答

　　就是我的问题吗？

----

* 　马雅可夫斯基环街

偌大的房子原来住谁

　　我不问，我靠脏

度日，脏衣服、脏碗、脏地，

　　窗户上雨水的痕迹。

门铃、名牌和信箱全无，

　　他们扎根美国。

树落叶在，门窗紧闭，

　　挡住自由的灰尘。

我担心有一天世界

　　滑入真空，不吃不穿不动

没人，靠脏比靠痛容易，

　　属于脏也属于干净。

再见，穷人没财产

　　所以不离婚，不怕，

感受就像风景越谈越不像，

　　像干扰没有干扰性。

二〇一六，七月二十九日

Talaue 1, Gechingen[*]

在斯图加特附近和在德累斯顿附近

一对双胞地形相认，

叔叔咀嚼四八年的东风

投身野山的未扩音。

从北到南峻美和鄙陋的

地方和人罐装同批次的

塑料的原浆，

师院毕业，技术过硬，

这时逃亡矛盾了投奔。

没想到酒和面包竟分种类，

---

[*] 它老呃 1 号，格幸根

没想到鳟鱼焙入协奏，

没想到课本挑得出满意的，

没想到孤儿的未来在回忆中

以顽强来乖巧动人。

人老了，一想就是祖母

穿梭在院子里石条间、厨房里

灶台前，使披散成形

混淆澄清，接近着她的祖母

发挥情绪的顺眼的环境。

母亲那么深，晚年到了图宾根，

和她处得实在少。

我胰腺癌，医生的事，

我不操我操不了的心。

但是，世界除去烟酒和电视

也就没有值得打发的意思。

二〇一六，八月十五日

Ersenzhanstr. 66*

当想到，开始已经过去，

每一次都这样，

追认鞋底泥的必须。

过去好一点，一种单位

与城市里别种单位交换

或明或暗的利弊。

而今机器进这吐那，

型号批量定向公平。

九〇年我也性急，其实应该

另制一部宪法，完全消化

---

* 耳森占街 66 号

对立线的抽去。还好，仓卒

并未损害保护的限度。

欧盟也是，搞得太快，

凭空水库一堆官僚，耀武扬威，

从远方操纵我们的口味。

它知道它拉扯的指数不乖，

胸袋里别着北约的采买。

党派，大到百二十主张全消失。

对，我有了土耳其样子。

媒体的快刀切火腿反面

反反面，不碰畜生和产地。

伊斯坦布尔便宜一半，友善加倍，

我女儿也是我母亲。

看看再说，糟糕的局面

很难两年。每月回来这里不如

那里，回去那里不如这里。

一瓶酒洗涤所有的不如意。

二〇一六，八月十六日

Restaurant Weyers, Ludwig's Küche...*

不错，今年女儿来庆生，

与她母亲恢复音问，

工作小有成绩，腰不好，

上身的重量超过实际。

监护两个巴基斯坦少年，

照顾和觉得的增长相等。

我穿过弗里德里希街

到达西区时住过一天难民营。

帮助被接受了真是万幸，

他们睡熟了尖叫。

_____

* 为噎死饭店，路德维格菜

回到东区呆在 zwischenort，

我感到夹缝的松活的紧。

文学飞我去角落的世界，

世界之外。和房东

吵架后搬了宽宅。男女都行，

再来一场实在的恋爱。

二〇一六，八月十七日

Wichertstr. 50A[*]

是呀，西德人有遗产，

国家负责他们的老年，

我们训练了一个孤立。

我的父母在舞台上。

我知道从这里到那里

我们是世界的大自然，

我还是想想我的目的。

我的父母在舞台上。

───────────

相当一种烦躁的估计，
往假的晴天注射幻想，
用力地批评比孩子气。

我的父母在舞台上。

当生活不随结项中断，
否定中切分到的满意
宠着我们想到的困难。

现在是别人在台上。

楼馆前貌似有些改变，
就像选择民族的食物
兴奋不起本地的民主。

大妈们弄弄广场舞。

二〇一六，八月二十五日于柏林

旧货店，Schivelbeinerstr.

1

CD、卡片和图册旧、特旧，

翻着翻着看中一二。

痴汉醉态，考古碗盏上

叠砌的唇印。

我测量并要下里屋右角的圆桌，

34 欧，和 Marten 搬上楼，

沉重有捡便宜的轻逸。

杂件间，挂钟和台柜里的

座钟投影镜片，各一个

潜入眼瞳，她慌了，

门后的手风琴的 i 键擅自敲响了。

老街坊搬去城边排楼

（结合部而非死贵的

村中独栋），新邻居

巧施购买力。

"雕槽顺着橡木纹，

边框与肖像正配。"

婀娜于店中的交错，双眉扬起，

"祝使用愉快，日子满意。"

二〇一六，六月九日

2

两个月后，她换了一张脸，

盛夏布满污雪的车辙。

"抱歉，我在算账呢!"

同样遗憾，算出的意思

不被期待却被轻忽。

问答和彼此无从起。

八月二十一日　SchivelbeinerStr.　46

高谈阔论很迷人

1

柏林骤雨忽停，闷热一阵接着下，气温凉变冷。盛夏，去商店买了件毛衣，加上夹层夹克身体很快捂热了。奔波，谈呀，美因茨往耶拿的高速公路上，歪在开车的艺术家旁边酣睡，醒来完蛋，腰、牙被钻子钻着。这种疼痛烂熟至于滥俗，五六年前的十几年间每年一次躺在医院动不得。柏林朋友打电话约去罗德岛，不行，动不得。不过，十八年前，两个月无法入眠和直立到希腊就好，漫蒸颓山的光气松骨。到罗德岛当天下午长出一身痱子，在骑士团故垒的高墙间不停挠，痒代替了疼。

托马斯包下斯普林河岸一个船坞吧开生日晚会，河面闪烁，游船来去，柏林墙静止在对岸闹腾的啤酒花园边上。公司开在那一坨的年轻老板衣服挺括，扶着栏杆喟叹："柏林夏天富裕哪，热夹冷，脚背热脚底冷。"他玩舞台出身，被瞧得不好意思、被老实告诉，哪怕冒有柏林人的天然倦，哪怕夏天来，仍要生一场病才适应。夜色堆在两人脸上，塞满两人之间一米宽的距离，他关切地问："有心理感受的成分吗？"隐伏着的放射状给提醒了，前后对比炮制一股凄凉，汹涌在粉刷的东柏林靠西两个区的街巷。地铁海涅站往东沿河碰见的大喊大叫的流浪汉可怕吗？他问哪里，南下三五十米的树下，他说大喊大叫的人不可怕，烂酒和嗜毒的人不可怕，他们脑子发热烧坏了，不动声色使用这些人的人也许可怕。他闭嘴，淡淡地观船。柏林过去没这么多无家可归者，他们队伍如此猛烈壮大——少数摊开手臂和手指的静默的外国人，主要是说花哨的挑逗套话的德国人。

马提亚斯每周三天在图书馆编目，其余时间间或坐某线巴士、某线地铁到某终点站下车，逐尘散步至兴尽而归。他对流浪汉着迷，跟踪他们，想象他们的夜晚，桥下和门洞里的夜晚。他再没碰上边要饭边读福克纳的美国佬，他有时想他，神有所驰。流浪汉减轻上班族肩胛的板硬，颈筋的强紧，他们被天日脱发般的琐碎碾得心累，与之一比顿时一身轻。不对劲，这么多，低头看沿街黑。这是德国，南方破产国家认定德国贫血也抽，没人研究脏兮兮的事情，没人喊冤。在柏林火车主站的北门口，三个青年同时扑来讨烟，吊睛女孩嘲笑说你的问题没劲，讨烟抽比买烟抽好玩。跑遍全城，找不到一个靠近臆想的类型。调研流浪事业和底层困境，要强装吃饱了撑着，强装的却是真实的，调查分析的技术储备全不靠谱，随街弯到死胡同区，渐渐心安理得、心不在焉。放任扑空、绵软的嗅觉，闪过堆在热点的比例的邂逅，似乎专注的体验者和旁观的惶惑者提炼的虚火值得打探，而由现实的破烂勾勒的破烂的现实，只是简单的救济对象或者社会再分配制度的手术环节。没有蛛丝马迹，没有气味暗指和遥相感应，也没有碰巧、丢脸和将就。街心草坪盘坐、脑子里形成答案的语文老师，虚拟时态、从句和补充——他衣冠楚楚，专程从里昂过来享受动词迟出的断气效果。逛街就是走神，多年前，天天带狗盘在地铁约克站口的漂亮小伙，他的耳钉和鼻环沉重。他是哲学家，想通题目成家立业去了，想不到有人抄底打探他的题目。

费尔巴哈地铁站，桉树味。自由大学的劳伊特勒教授倒是操心庞大的庞大固埃式的街头黑团，她说民主体制失去民主内容必然爆发严重社会灾难。她否定默克尔把基民盟改造成了社民党、德国不再有中偏右派党的流行看法，她说默克尔按摩资本家的筋骨。

"什么鬼话！"练达流氓腔调的青年嘟嘟囔囔，捡起垃圾箱里的矿泉水瓶摇摇一饮而尽，把空瓶子塞进鼓鼓囊囊、流里流气的塑料袋。伸出袋口的柏林电影节宣传册卷筒，皱巴巴的斜指柏林的方位。他转移阵地，加入火车啐在站台的人群，窜跳着淌向站外教堂广场。好冷，瓢泼大雨。主站广场东角临时搭建的戏台上方悬着标语，聚水直注，示威者挥舞的彩旗油漆着标语，聚水直注，戏台上下人众的喉咙吼着标语，聚水直注："我不要巧克力！"转动门卷出的老汉高举纸杯，夺过旅人没扔出手的烟头，嘟嘟囔囔："我要。"风狂雨大，旅人退回站内，觅得过道空椅坐等朋友。身体半麻的当儿肩膀一震，撞击者衣冠楚楚、顺着旅人的腿塌下瘫在地上，啤酒瓶自苍白的松手脱落弧线滚远。他略睁眼，爬到对面椅子坐下接着打鼾。挨他坐的老年旅人收拾地上散落的杂物、装回挎包，移到他脚旁，又救球般弹远拨捡啤酒瓶放挎包旁，瓶底残酒剩下大约一口。美国朋友缩在河对岸会展站望雨，酒鬼直通通扑地镇静大伙的烦躁，两小时扑地两次，起来落座鼾声如特快降速而不停。

南行，皮衣和浴衣的威斯巴登，俄国人时过境迁、仍来泡澡。天晴，炎热，文学楼里堂皇的大厅犹在，东西无所连贯，丢了啥、没还债一样。乞丐距离富贵，使其暴露和冷清，财富积累和保持所依赖的秩序格外扎眼。富人讲滑翔、航海，讲着讲着讲柏林，柏林穷呀，全国最穷，魅力无穷呀，欧洲人都跑去透气。住布本海姆村的艺术家年过半百，做梦梦见蹲在柏林一座阳台的壁沿吹口哨，他发誓要迁居柏林，租工作室大干一番。没有不恭——要饭的人也这么想，先行一步的汇聚在那大干着——席地呆坐；行进中的布满通往柏林的道路——很少人徒步，很少人坐飞机。

文学人物没一个比得上和谐卷曲街道的乞丐，讨嫌又魅惑，就像讨嫌的蚊子嗑一丁点血痒痒地，使人联想社会的红斑碎点挠一挠就散了。德国蚊子种类和数量少，大而长而笨，嫌弃外国人的血腥似的。现在，蚊子花样繁多，陪同天知道哪里的不带家具的家族偷渡而来，低声嗡嗡平等针对一切人。躺在柏林爱乐乐团对过文化论坛的斜坡露宿的夜晚是多么宁静啊，六月初星空下垂，蚊子代表世界莅临一下真好。现在，蚊子佩戴催泪的种属标签扑咬，似乎社会的排斥性需要社会的怜悯心伴随，蚊子之类边角背景配上动人举止和比较之轻快，十足安谧。流浪汉不是难民，好歹算个趣味活动装置，排放旁观、自作多情、腼腆的压抑。乞丐可以判断人文主义是否寿终正寝了，他们泡过它的巅峰时刻，它不满的疑惑，以为婴儿出生就带着文化基因的全部肮脏黑死了。它滥情的下山时刻，行人擦拭起皱的镜片，仰面代入自负的寒影。他们聪明，把悲剧、传奇和托钵僧的漫游说教，与穷帮穷的街道小品和乐善好施的盈利真相一并打包，扔给穿套鞋的荒货郎。终日展览无助，他们想必乐死，过客把澄清寰宇等等想出来的怪事寄托给想出来的怪物。武侠小说中，兼具勇气和幽默的乞丐，平常忍辱工作挖掘工作对象头皮、腋下、指甲缝阴藏的善意，末日阴盛时刻亮出利用绝境的绝技，为世道波折添加荒唐一笔，完美证伪地铁车厢禁止卖艺乞讨的重复广播。

布鲁塞尔卖巧克力，英国人不要，德国人不要，布鲁塞尔人要被巧克力撑死。是呀，乞丐见不得浪费，倒是想要。

瑞士，温特土尔雨后光霁，拉斐尔暂时离开长沙发。他老样，英俊、害羞，不以为然混合谅解的直觉，其实掩蔽执着和内伤。他两年三年仰在沙发细察时间流失、身体不同省份硬叛变，潜思身体硬化的诱因。他默认医生的将错就错，默认和医生的冲突，医生被医学训练成医疗器械般的硬玩意，那些点线面占领身体、挥之不去，怪罪及不到他们。验明身体紧缩的进度但解散无方，狂卧、走笔挖掘来势，酵酥不了石化的章鱼爪，动作的动力一点一点也就消灭了。父母粗心的爱抚，教堂粗野的教训，学校粗糙的知识，无不在人的自觉中展开内含的凶相。虫蛀的人文鬼话，过剩的应有尽有，阴阳自然不调的卫生，拉斐尔，幽囚什么呢？他先行一步，给世界转折在关塔那摩小区一扇窗户和几本字典析下的明暗里，给家人和朋友表现晦涩的病案。他病了，在他预期的世界别人也都病了。别人的硬化部位不同，别人没有诉说硬块面积和厚度的勇气。拉斐尔研究柳宗元、访问过永州路无行人的地方，他了解环境塑造的悬殊，不只轻松一笑的自我周旋技巧、至清而闷塞时搅浑水的再糊涂才能，妙的是空气黑沉迫使耐性展现漾态，仍可按耐，拿来空虚的便携式海拔定神，任由责任环扣吊死前身。别人拥有和易数同量的前身，睡一次死一次，随时假寐、随时真死。不，不能说卡夫卡的变形记饱含人类学苦衷，蚕丛国向后世传授虫的魔术，平衡的生存伎俩类如漫画，大家打扮在酒桌边讲段子，酒力解恨。唉呀，中立的弹丸，高山蓄水，山水间晚期肌肉萎缩的直接民主制，拉斐尔说如同瑞士手表整齐地空转。采纳中医诡辩，看不出切断内部联带的表面发光意味整体修复工程开工，头头是道的道理俱在，畅通一个半个局部的道理却没，社会和世界烦得不行，说话列入健身运动，多年不见竟全真了。失语症之普及，民俗热一捣腾，瑞士退归山区梁谷，适合私房和另辟世界的仙潭。又阴雨，又放晴，拉斐尔下楼看菜园，翁郁的地表连绵林坡掀起水彩的晕染，状如绿色苦胆。这时，瑞士现出三个轮廓，语言析出三种音响，世界三分切片。孤立主义者彪悍憨笑，肥大身躯戛然其中，阻断连片。远方上当似凑近，东方的祖传秘方锁在苏黎世银行的保险箱，东方垃圾场善解人意，堆积品种一朝齐全就很不养晦地撒娇。谁愿更多承受生存的重压，更多承受概念的重压洋盘呀，生存困苦或可狰狞应酬，概念困苦使人废弛，微血管罢运。不投靠相反概念，不寄望于平行的其他概念，卧就卧一个卧姿。

拉斐尔从不起眼的德国作家的随笔读到重症肌无力患者的雷同日记，短路的画面浮现，镇纸般镇定臜胀的肢体。ETA Hoffmann（厄塔·霍夫曼）的复杂使其他的简单倍显不敏，以前竟没读过。柏林假肢街的门牌号错位对称，为什么住假肢街呢，默认移动莫非假肢的移动？在罗伯特·瓦尔泽的散文里，他察觉逝者行他的路，那好，精神病院你承包，你就密文知会迟到的使用放大镜的编辑，社会认同分级的低处方便呼吸。再说直关太极的性，李商隐的怪句子按下难言的情节，倒霉透顶护花细腻的得逞。唉呀，若无稀奇费琢磨，身体的沉箱像手表的轮齿绞里面的肉，不在乎支撑上下班路上爬影子的影子。与特别文学人物建立病理和数学的联系，就害上文学病，就失去看的理由。制定目标的活委约别人，想不见故看不见。经冬易手的克里米亚，冰封的复数的冬天，美国和其他大模样国家的大选结果无需卜算。拉斐尔躺着流浪，别人坐着流浪。

他的两个女儿筹谋去柏林。柏林夏寒，分泌赞同的热汗。在柏林，我们用我们的眼睛看见我们不想看见的改变。

2

德累斯顿原砖原位修复教堂显著的萨克森精神，示意信仰雕刻意志的园地不容侮慢、偷换，但原来的建材挂钩原来的体魄，民主观念和包豪斯平价空间的后续理论当然疑神疑鬼。亏得保存完好的地基、图纸和砖石良有弓藏，节省开支的成本原则弹压一切舌头，穷乡僻壤由它去。那么，柏林，比英国脱欧公投早好几年，体现柯布西耶建筑理想的柏林共和宫（前东德议会大厦）在反对声中铲除，普鲁士王宫的圆顶威风冒起。种种抗议憨厚、干瘪，无不严肃，拍板者草草胡扯一通就过了。古怪复燃的十九世纪天际线，把洪堡比在斜对面的石墩上，时光凉薄，应声倒退。车行里补自行车胶胎的师傅唠叨说，历史是故事重讲，气液体管理处的合同工筹谋入党发迹，他定时起夜推出历史反复的频率。气液体计量仪的数字从未盲动，他说，别瞧不起死翘翘、灰白泛滥尸斑的幽灵。

德累斯顿没有饭碗供外国人抢夺，萨克森没几个外国人，选民坚信饭碗给便宜的外国人抢走了，萨克森严禁外国人。AFD（德国选择党）被抬进议会，知识分子自嘲从来正确，挖苦敌对党也从来正确，也就挖苦而已。彼此都谙熟网络和攻心，后来居上和诈伪的关系远不像动笔、动嘴的人以为的大，劳动人民、特别是虎视岗位的劳动人民具有抽薪的腕力。外国人，请看这一批问题，请买单！外国人，滚出去！巴黎、罗马，发誓救国的俊男靓女登上讲台和版面，武斗的气息比起倦态的阔论，明白而且鬼魅。午夜在德累斯顿，听得见取消了盟内边界的欧盟统一体惨遭分撕，拱门里头走着喝酒的情侣嘀嘀咕咕、单一货币、欧洲议会、欧盟主席和外长作为欧洲一体化的华丽成果，说不定是作为一场大梦的遗迹诞世的。庆生狂欢尚未清场，基因排列布置的（利益分配的）裂缝已致陆沉，大一统的救市内政榨干深谋远虑的余地。唉呀，尖刻的隔锅指戳悦耳呢，类如爱之深的流言蜚语，而身体链接放大躲避本能，两两闪开自己调解自己；欧盟连年赶制安抚、压服和服软的台阶，配套的型号和包装等等，此一维稳开支的摊派首先是个问题。传统迷人呀，无论什么玩意习惯就好，偏偏习惯了貌似同一个新传统，彼此用新配方的胶水团一块，没过几日，偏偏汇总了材质不洽、各自受损的证据。

迟了，迟了，饭桌、书桌上的检讨：民主社会的雕虫意识麻醉神经，平等人种的街区视觉剪除报警器的接线。这一夜出自千百夜，响亮的"闭关锁国"的一夜，强人的、唯一有效的高调的一夜。拒绝说服的、甘愿头晕的过半数的这一夜，不辨是非的笨蛋的这一夜，很不幸，同时是文化上瘾、走麦城的一夜，阻隔的一夜。观念与观众特别是耻于领会的观众之间的阻隔，理论通顺之日已经筑牢。合理的打算不算思想，低端但是有力，关门打狗派跃出忍辱传宗的卧室，挥舞发家致富、家庭伦理的宝剑改朝换代来了。满世界的火气，摸黑的油头粉面，似乎原来恶心跨国公司把工厂建在偏远国家压榨当地劳力和资源，暗许了侮辱性的暴利匀给本国内地失业者一勺汤。世态翻跟斗，眼界不舒服，德国掉队成为西方同盟残存的民主堡垒，自由世界孤单的代言人，实则面对 AFD 不睡觉地壮大眼睛通红没办法。内地一个理论家形象地比喻，大地主当乡绅又种地，狗粪亲自捡，不给农民活干何来安全？他的批评暗示，热点政治的幕后操纵和台前折腾堕为狗粪游戏，狗粪障眼的话，目标的眼没对准，自己的眼倒给糊住。柏林街头一手提一扎啤酒的伙计赶去聚会，争执的场合添出些失落、踌躇的美国同伴，为柏林左派衰老的磁力奉献青春的核子，莫奈何默克尔政策转向阴云低挂。

其中一个美国小伙刚刚冲出美国的窒息，在魏丁租房住下，等着居签，他激昂地喃喃自语：柏林，你毁灭校正的航向，在逆风中如何摇晃？气象监测记录里的狂飙如何消停？柏林，沉思的停行间，我安于演出标本的多样性，明暗错杂的空间有的是；当别离柏林，我带着喜色，如同见识过难堪世事有竟时。绕过不适的本国内荒地点，去外国探看差劲的人类困境，内疚难忍甚至做义工平复腰椎间盘。难道是，朋友，多思之所失者必巨大，无错处的痛点在穿孔。

柏林下半夜的清凉与落日余晖一样，是高度融合的东西。

充当替罪品，大概是羊群的传统本领，羊儿动辄受伤、散失，给抓了烹了吃了，顺便捎走食客自责的情绪，饱其肚皮、卫生其精神。牧羊人也即人类中的替罪羊，沾染羊的妖媚与脆弱，连装饰的羊角也学在头上，适合悬挂邪恶、恐怖之类（如果发明了，就悬挂比邪恶更邪恶、比恐怖更恐怖的什么）牌子。有那么一刻，总有那么一刻，滴血逃离牧场的亡羊通过求生的壮烈脱出扮演的角色的外套，激活、重装观看者遗忘了的自比冲动。牧民救人的时刻，枯涸的眼眶波闪，还回玻璃珠子一些流通的脉络。那一刻，转瞬即逝的一刻，他们被准许落难，被准许蒙受救助。那一刻，施救的被救者明知要后悔，变本加厉地回归防伪身份证，但按视觉遭到的打击行事。恶毒的检讨事先展开，随它去，不是这一张会有另一张照片，扯脱监护的面具，不是照片会有别的媒介，把受难图推入瞳孔，不是海景渲染悲情，而是落水集体的数量透出海洋可怖的深阔，难民乌黑的白团移动在或凸凹或平坦地表任何一处，劣质显影其冷酷，所谓人怎么受得了。默克尔第一次摆脱犹疑，决定放弃连任似的，做出一个人的决定。

柏林追求进步的必然价值，但不得例外，白天连着黑夜。

难民不来才怪，履行替罪羊的使命之前，他们就梦想瞧瞧了不起的平权社会。祖国历经多边、战火的推动，把他们推给蛇头，偷渡逃生不必定点妖魔国家吧。享受新闻便捷的欧洲人比难民清楚，难民输出国的战争的多边根源指哪几边。怪得很，欧盟要求它觉得不配为伍的土耳其包揽难民，情愿出一笔钱，要求它瞧不起的土耳其政府把难民的脚钉在土耳其境内，加上——多么傲慢——土耳其政制在别的方面大幅度地削足适履，就谈判土耳其入盟事宜。主动求变变得不自在了，被迫——更像是被迫——复辟难得挣脱的本来面目，镇日忙于为自身分裂消音的欧盟，不会预估新世纪逼迫出一个新苏丹。它四处派自大的调查组、发动听的声明，腾出手来、侦查出自一粒尘埃的气味袭扰了身上说不清哪里的一根毛发。当然，不舒服的一根毛发后果莫测。黄昏洲的黄昏勾勒的人影清晰，乍一比，那些赖以藏身和谋生的模糊加倍难忍，黑暗的否定性溶解它的节育机关，穷地方的人权困境莫过于此，无限制分娩好上加好的异国幻象。美丽的穷乡特产好在无理，异国的优越用工具才见识得到，工具贵呀，前者爽口陷人于地狱，后者沉重环扣眼界。欧洲人殖民时代就搞旅游，一手批发体制、一手收购土特产，矛盾的种子播撒爱恨交加的土壤，育种专家一代代改良，夺权喜剧演得死去活来，难民自未换墨盒、永动的复印机节奏吐出，日益模糊不清。

难民潮起的开国热，刚给车站和城市刻在日志里，迅为反转的声浪覆盖。衣鞋日用、义务劳动和收养行为，验收人性的过程泄漏昏暗的余光，局内人和旁观者日后不如意的日子里，当从这普通人草写的、颠倒政治停不下来的普通故事采暖，遗憾的是，谁都宁愿但是不敢停留在这任何赞美都不及其复杂的凄美故事里面。呼吁政府驱逐难民的愤恨人马责骂难民过得舒坦，难民营比他们的家还讲究，每月一百八十欧救济，每日三餐和医疗免费，自由出入，他们骂骂咧咧，痛不欲生，活像更惨、居家的难民。石盘道难民营是昔日兵营，设施完备，中央附设足球场，难民中爱热闹的人不医不吃时段去食堂和医疗站门口闲坐。不乏装病的老太和小孩，声称得了医疗站医生诊断不出的怪病，央求出具转治证明进城就医，实则想要侥幸得到一份享受特殊伙食的医嘱。食堂食谱四季固定，盒饭性质、变动限于两三种，营养保障、口味单调，久之需得浑吞下咽。难民哪里知道一般德国人饮食简朴，有人一日三餐固定搭配终身重复，微改甚或致使神思震荡。难民想象不出枯燥、高级的摄生段位，好多人生从吃开始并以舌头为抹布，抹除运思、为人刻板的痕迹。吃社保的德国失业者偶尔上馆子打牙祭，难民存着救济金，也可偶尔上馆子打牙祭，难民舍不得，每一张钞票都熨平，叠在手帕里。除个别人学习语言、试图找工作留下，十之八九苦等老家仗打光，回去重续旧缘。

西欧地中海岸线往北、这里那里经济困顿，社会层级差别拉开，社群关系还好，无奈政治观点尖锐对立，维持感觉的平衡指标临崖下滑，时有某市某国破产、濒临破产的新闻火上浇油，都是真的，都在版面和表格膨胀比例，都没达到空前吓人的规模。与历史上的绝望阶段相比，充其量敞开供应政客和知识分子借此凝聚兴奋点的危机感，城里和乡下，医生、教师、公务员、公司雇员和提着工具箱上下楼梯的电器修理工，埋头一想，生活从未变质。经历的一些波折，概由家庭关系幻灭和个人志向蜕化，而社会，不在这里就在那里空出聊以尽兴的岗位，社会容量之大此消彼长，人的选择并不诞妄、调整坐标就满意了。尤其德国，联邦体制承诺地方自治，基金会保障文化消息，即便落入贪大的规模绩效周期，处理物质基础的理性反而突显完整教养的连续性，象征人文在人身的实现，平面不完全溶解颗粒。就是说，社会和国际关系重组，不妨碍西欧个体反省显微与社会检讨配合，达到文治公、私权力的峰值。统一局面终结否，不妨碍个体高标、表达不满、合纵连横的水平预期持续上调。

西欧、德国太富，大公司、大银行从世界吸油太多，收留区区几百万个难民算什么咄咄怪事，分散在几亿个欧洲人里面影踪顿失。资本主义的金字塔利润结构，欧洲知识分子批评厉害，他们自己的教育成本和研究项目，却也无法透彻预审款项来源的社会自然取夺属性，他们的批评手段炮制和检修，未曾须臾离开不明经费的腌制，闪耀系统内分工的功利。失业金领取人受够压榨，丢了工作，解除劳动合同判定技不如人，刺字失败者，依靠社保还可苟活。世界认知的分歧出自这里，知识分子具体帮助难民，为接纳难民的跨国协作组织辩护，失败者对难民窘境感同身受，倒乐意听从民粹分子蛊惑、放弃自觉，尽管赶走难民、让牺牲者再度牺牲，不等于胜利一回。极右逻辑通与不通、有无逻辑，不像外国人和难民一眼辨清，外国人抢夺饭碗、降低工资标准，等号短、直，生涯业已潦倒，何苦再伤脑筋。拥有技术竞争力的外国人简直是人肉炸弹，这凶恶的舆论氛围，外国人聋瞎了也忍受不了，更好的人和人际的西方不复存在，留下自取其辱，还是回国干活？更多人倾向于掩耳盗铃，死呆。难民是等外外国人，被欧洲人驱赶，被欧洲有难民国家和无难民国家坐稳了外国人地位的外国人白眼和谩骂，他们的确想过游历、移民，绝未憧憬九死一生的恶途。他们远非故土底层，家族把家当拼给蛇头，因为合议认定他或她保存性命，未来重振家业犹可期待。难民只是难民，不少自行回去，不少被遣返，难民最多时也就小镇街角偶尔晃悠几个，不是没事干和害羞的样子，认不出他们是战火余生。

万湖畔某幢小楼的阁楼临窗架着一副望远镜，老学究背光检阅一册拉丁文详解的难民分流图，他温和地原谅少见多怪的互助精神和和尚撞钟的独醒意识：安置难民属于欧洲洲际战争方案的预算部分，宗教改革和再启蒙过后，终成泪水滚烫的人道体系。难民身份甄别与社会治安的瓜葛，过去比现在吃力，过去哪有身体透视仪器和身份信息存储，难民中难免夹杂间谍和定时炸弹，他们自毁害人的恶果不及流感和车祸，不过流感、车祸不致好心没好报等心理爆破。难民伤害公民、女性公民的案件不能辩解，待时间流逝，超然关切获得史学豁免权的时候才可试想，此类恶劣案件的滋生主要因为人的问题。被安置的人是人，冷静试想一下，难民因素是否放大案件的背景、并不特殊其罪行，关键点涉及德国等接受国的安置措施是否过于干净，照顾人权理论反而轻蔑了人性的变量。难民枯坐难民营饱食终日，碗不洗，清洁不搞，洗衣机的开关也不拧一拧，两口子同在的不停造人，其余百分之九十九的壮汉体力淤积，谁命令不出事？试想一下，这么多、这么多年龄二十到三十五的毫无力比多转移技能的青壮年，出这么有数几起案件是否说明难民性情温和、十分克制？

　　起初转弯抹角，随后扩大笼统的范围，故意粗卤的政治谣言将难民危机与恐袭挂钩，此等嫁祸于人的清野诡计需要揭露，不值得分析——它们自始未带分析余地。柏林工大一名老师去中非原始森林修剪了一棵树，运回一袋落叶，说是凡事务必爬梳。原话如此：海沟吸力坐爱海底风平，落潮慢如盆景的落差，刹那间散架。这一次难民危机终将结束，靠着攻击难民登台的人终将下台，难民落难总结的教训——不当难民——很难不稀释为下一起难民的苦笑，他们是被迫的。好啦，他们的国家是拼凑起来的，他们在画地太平的理由很充分，他们的实践不着边际，被围观为徒劳，被评审为非法——不值得分析，不分析就一清二楚。世道倒退，美国带头闭关练功，核武库汰旧换新，你们在你们混乱的国土随意，我们再伟大了再说。难民无知吗，他会看图说话，制造武器供销毁吗，围墙的目的是和自己打架免伤别人。世界上没有比反战更迂腐的悲哀集体，不反战则成帮凶，战争机器给好战的头领叫停练兵，阴影中凋零的西尽头（West End）忽见斜有回光，游行队伍兀自解散、款款呼吸，以备他日怀念。

归类的人群的生存版图、国际势力范围的划分和天然能源的定价与流向，不知谁在保密，谁在曝光。谣传或这或那紧闭着几套黑暗的套房，择机扔出剩余动静供人还魂和疲惫，核心利益如黄金马桶影像助以开胃。难民案的捏用未曾逆动权力转移，待洗花边的异味无从感染重要器官，直到封入不见不烦的不毛之地，从没溢出中下层社会的倒刺边界。某某口若悬河之际提一提，相当于气功大师在体育馆向万人发功，另有所谋。难民无一例外，可怜的变脸术到了冷场、封箱的一天，表演对象突变，该改功法了。他们的自我批评就是自抽，听话时翻错了脸。他们无法知道无人注意他们的脸，他们听见的口号不是对他们喊的："我来，我来让我国每一旮旯全都肉滚滚的！"。他们打包行李，排队登机，投下不舍、暧昧的一瞥。送行的警察记得迎接的热乎，历练的心态不禁动摇，别扭劲周而复始。挑最看重的一张脸谱佩戴，与配枪和弹夹最不协调，暗色衬着花色。

罗贯中自承看透了中国人的人性，在演义权变的一部小说中断言，天下大势分久必合，合久必分。中国的权力爱好者或者集思广益，或者一意孤行，努力破坏这句格言。依此类推欧洲大势，当在合中有分与分中有合两者间循环奔竞。外国人是外人，提炼概览，旁抽凉气，乃至代死，也就坐马桶忍内急。

3

国家政策受数据左右吗，后退一步说，执政者与施政对象的隔膜是单向的吗，这类结构孔隙改制专家填补不了，制度设计中驯服性格的钳制环节反为性格驾驭的例子，常常充当风云传记表现魄力的高潮。观览现实的眼光警戒有余，社会矛盾偶尔出自玩弄，崭新入行的混账——称别人小混混，自己显得老辣——调动反胃生理反应的花招来得生冷，巷里麻雀为之惊悚：垃圾堆确实临近爆点。国际政治好久没有这么刺激，集体心理好久以来服膺超强破坏力，二十世纪向阅读、视觉和听觉制造业下的订单，附注强调的唯一提要是反人类的破坏力。作家、艺术家倒吊天花板上，研发核变戏剧的高大功率，摧毁当下，轮到政治了。艺术哄人到博物馆吃惊，使人感觉身体的核废墟，政治叫人放屁，到投票站画叉，不是、或者借此掩盖虚荣心从野兽表演轰炸的段落借力，替换出判断的主动感。当浅尝受阻，被动的线条笔直前伸：往手术台转移的上了麻醉的社会肿瘤，屁股后面候诊的挂号蜿蜒在社会上。家里喝水观云的人格格不入、反感体检，弃权因不幸坚持、解牛不利，懒得把社会对峙的因果放在政治计算的股掌，加强风马牛锤成的鞭子的修辞怪力。他不否认但是不证明，我不止镶嵌于社会矛盾，我就是社会矛盾。

还好，社会还在动荡，还有人自称我们。如果无人娴熟操纵难题，我们不能错愕发现困境：政治、经济和知识精英阶层与劳动特别是内地的失业劳动阶层脱钩，演化成了世界同步的城乡对立。现代教育体制年复一年从家庭的山沟搜集孩童，放进智能洗衣机洗涤、甩干，送上篡改基因排列的流水线，令其符合城市中人的概念。父母量产的毛坯动物，经学校加工成人，学校出品的文化产品第一选择永远是文化中心的文化电力供应。城市的交通、购物和交往，无不经受时尚过滤，保障视、听、想各类文化资讯合眼取得和整理。核心城市里过眼云烟即现即灭，我们厌倦，我们冷淡，有时嫉妒呆子和乡巴佬少见多怪、大惊小怪，我们欣赏乡镇的土气，乡镇作为运思对象其价值空间得到拓展，像过时的审美物件，事先贬值到亏欠地步。连就学期专研叛逆的名士，和他们风靡的榜样一样无精打采，标榜不学无术，杜绝任何意义上合格的毕业，徒步闯天涯的随记却也发散把所遇一切对象化处理的机油味。试探、介入、体验，沦陷、脱窍或焕发结实，总有条夜街筛自多元、脱离交叉，肯定出笼的蹊跷、人类学和路途浪漫。

设法困在吞吞吐吐的都市，否则不能吞吐，不便臧否这那。在都市里什么都不是，一旦感觉到是什么等于刘姥姥开眼，一个比一个的比较级循环照亮自己。否定性的生存派生醉态，不得区别酒的优劣，对附加值无动于衷，烦的东西多了，哑摸丧志。只有一件事情千真万确，在一个国家只找得到一个城市，了不得再加一个，空气中飘着负面的气体和颗粒，差可托身。纽约过来的记者沃克坐在夏洛滕堡的咖啡馆里，翻看记事本，表扬柏林到处端坐着睡过头的和不睡觉的倦人，他说老实说，全世界只有三四个城市轻蔑诡计、战胜了狭隘，不提供居家堕落的安逸，其他地点堆几百几千万人聚些闷气而已。典型的柏林左派观点，就像纽约和别的一两个大都市的左派观点，被一知半解的城归带到一二三四五线城市，施以添油加醋的在地加工，成为没人花工夫点醒的痴人呓语。

远离文化中心的厚实的生活未经批评，度那种日的人众经不起文化中心一律酷厉的批评，未经痛批的东西不具接受的分寸，从懒洋洋的城市，那种生活和过那种生活的群体，得到的无非客套表扬。那种生活里积攒的意见，文化中心置办了感受工具，架设在战前气氛的研究室，分析结果与选票统计不符。端枪的警卫排警卫着深院里的老人，他每小时握一圈陌生人的手，他和翻译每天八遍重复相同语气相同句子，他原来不能、后来无能引起误解，他竟确知他从没见过的沉默的外地人的想法，代为表述高明的好恶。在汉诺威往北索尔涛的市图书馆的阁楼间，被一个农民拜访的经验应该传达给老人，他敲门进来，拉开皮夹克的拉链，掀起毛衣，从贴身内衣的口袋掏出作家协会的会员证——不为证明作家身份，而是挣到的好东西给人见见。他开崭新的大众黄色甲壳虫，拉去高速兜风，风大他高声盖过风声："我们的总理和总统厉害了，德国就他俩懂哲学，懂我闷在脑子里的哲学！"在基尔向南的策司麻尔修道院的流动市场，被另一个农民拍肩的段子应有一人喜闻，他买了朋友手帕大一张鬼画桃符，神秘耳语："我们国家就总理懂哲学，我们的哲学。我摘抄过他的演说，亚洲的哲学他也精通。"显然，无论谁住柏林最大的房子，他唯独不能取悦的是柏林人。

柏林人看淡柏林显赫的岗位，无妨自己的岗位直露本相，单项机械的无聊与总揽机械的无聊纯度一致，柏林人不至无聊到同情另一个柏林人无聊。外地乡下人会，他们收拢原谅的特权，某某错了首先是我看错了。超级都市的苍头们没有看错的闲暇，勉强相中的样子泡在圈子里，比如自己，打小认可风尘起落，跳神天赋埋没。比如，柏林人陪外地友人看演出和球赛，完事就撤。外地明星到柏林给外地人摆架子签名合影，柏林没有住柏林的明星，明星住柏林等于垃圾扔进垃圾桶，告别特殊性。柏林遍地舞台，灯光活多，无论哪来的班子索要哪种场子，调光师跨上铝合金架梯，头顶天花板转灯，一会就云里雾里。聚光炫极，炫极的角色为柏林人和他陪伺的游人亢奋施展，演员与角色混合不完全地挪到到此一游的明信片和脸书，而外地游人的伴随演出，不对等地不在柏林的速记里留下（哪怕搞笑、可笑和泥腥味的）影痕。城乡差别危险到视若无睹之上一级，不见了。忘记上次刷牙是哪一年、夜间活动、见不得墙的涂鸦顽童眉毛五花，他把自己批得稀烂、力主归咎归咎，人家不住柏林罢了，不叫外地人、乡下人，人家玩得嗨呢，体认无量次级语言实况里的元批评之莫须有。他总是记错时间、入错场，他自称粗浅、雅得没谱，壮实、不挣钱，闲时空想挣钱本领达到帮大家共富的段位，时而自嗨，时而跟嗨。

文化中心的常住人口替换过了人性、细胞、角质细胞记录的反启蒙和再再启蒙的针孔，被最近一道文身遮饰着。难为追思，何年沉重、何年轻描淡写、何年九霄云外，年年归无类，突围一次刮掉一层。楼梯上竟存盲点，上下二十年竟没数错，换租电梯房、电梯门开松气的瞬间，方知数数不为洗心。依旧是无人理睬的项目，依旧结项了，夜宵车碾碎薄冰，清脆的葬礼喷溅顽强的冰碴，明丽的分辨的冰碴。身体的焚尸炉今日休假，暖气片自开散热，莫奈何僵尸的惯性，荡去街道、广场和树林。同类、异类弃绝的城壳，玩具般丢在周围，河面的密纹挤出磨损的唱音，旧时代的魍魉蹈空纷至。透明、隔绝的藩篱召来外地人和外国人，有所不同的人和意料不到的人，拍一拍，哈气，当真是对着玻璃和充气娃娃。没趣，没意义，相互验证相见无益的预估。无穷尽的无意义出自相反、回答的语言，判断起于终结；这里的无意义出自限制、提问的语言，分析不逾阶段，琐屑、混淆、错杂，无干无限，无穷细分的限制许诺推导犀利的方法，不指望魔法到手一锤定音，全体解决；两者语言不通，对面不识，拥抱和交媾只是确认隔阂的捷径。分别揣着几个语言锤打的惊喜，终于捧给对方，彼此展阅一份排斥，尴尬、礼数得一塌糊涂。颤抖、脸红的释注进一步自圆其说，对方一下就解干净了。普通不同之间发生感应的接入口径，快来技术支援呀，我握不到他的手。倦人枯坐片刻，幽幽回荡，手指在口袋里揉捏纸片。

他俩听见一阵哈哈大笑。文化中心边缘忙碌着不得其门而入、感受供血痛苦的庞然大物，他遗传了重要的缺陷，扛着金桶旋转招手，一洗文化折磨的烂人样。他码砌金砖，站上去，向并不加快步伐走开的焦头烂额喊话，我是卖油郎！我有雄才大略！精英们暂停不屑、邋里邋遢上街示威，但是，深奥的理由、抽象的目标和寡淡的形式，抗议的对象和抗议要震动的对象领略不了，三方被沮丧编织，顾不到胜任的翻译。

雕琢、斟酌概念的人文分子反对一切形式的种族歧视、优先血统和阶级压迫，反对禁入和隔离切割出来的安全，不是反对安全，更不是宽容恐怖。

选择狭窄的住房、拥挤的公交和昂贵的物价住超大都市，就是为了前进价值观的并存环境，其他城市为他们的言行特供可笑和可疑两种怜悯，安全但无安全感。这些量力而行的自黑高手，把自由流动中对立者共处的经验看作安全环境的当然模型：大小代价标志自由流动的开放社会不断有待改进，尤其与世界各地的有机联动有待根本改进。他们同意公示恐怖分子的懦弱和野蛮，攻击恐怖主义的洗脑魔咒，他们知道，恐怖矛头聚焦文化中心常住人口的颓废生活样式，要让恐怖分子想见颓废枝叶掩隐着健康根干，不止需要翻译培训工程，其实必需当地生活承诺同等水平的精神卫生。文化中心的生活从标杆质变成靶子，失去模仿价值的模特就得转型，原则上必须下乡和支边，学习陌生的语言，真开始塑造多边一体的共同进展，不是迫使、而是吸引世界脱离部落状。文化中心的居民毕竟脆弱，感动一番了事，不敢迈出部落语言的界限。昏庸的民主陈套挥弃独尊、理论上亡故之日，真实的二代民主已为共激流程、轻静态结晶的青年运动接手，旧时代残剩的无为而治安全策略是否尚有机会不得而知，去所谓法外区域和移民、难民来源接触，争取交往而非收获敬重和恐惧，目标小也不错，谁去呢？注意：本国内地边缘，远离文化中心的广大地区，远比移民、难民来源区域与文化中心的价值冲撞来得陡峭，两个语言系统平行，表明意识形态分裂通过政治斗争平衡的道路自始淤塞，农村包围城市的后果最终加害农村。所以，趁着利益流向小于利益描述、左右两派同被笼统厌弃的时机，卖油郎把正确反对清单里的动词划掉，把批得稀臭的名词当作主张，加上连篇的语法错误，轻易当上漆黑乡下的代言人。乡下，一到五线城市未经分析语言不间断代理的人口，狡猾运用谅解的美德，把彼世界的冗辩视为前卫派的实验修辞，就像长年供养的父母不跟子女一般见识。日子坏得到哪里去，这个那个方向莫非此一时的话语差异，坏处少些、坏得多了和坏透，三者的关系可以递进，可以衰退，试一试墙头草天不必垮。

比起别的欧美国家，德国的城乡差别微小，丝毫未现国家分裂的症候，诸侯国城邦到现代联邦的政体变革未曾冒犯地方权力的自主性，地方城市和村镇公共空间滚动的活动门类匪夷所思、古今纵横、五花八门，不同城镇根据传统和机遇在积淀中提炼刁钻，经营着向世界一切地界开放的文艺、学术和社会探索项目。很少失衡的城乡文化共时步调锻炼了假设人的境遇的近似基础，比如，应否击落被劫持民航飞机的宪法判决得到充分的辩论和认识趋同，目的不能就是手段。德国有纳粹历史，德国人有谦虚的傲慢气质，德国却是西方大国中这一波恐袭最晚波及的国家，德国人尚未研究为什么过去避免了而现在避免不了。城乡差别微小，德国境内所有地区对异质文脉处境的体谅程度容易趋同，这也旁证了东德州县的国内位阶。恐怖组织的连环恐怖效果设计固应暗示提前侦破的线索，难民保护政策闻风废止，感动世人的人道举止给一顶烂好人的纸帽封存入库，按直觉行为的好人好像临时附体，做错的仪式的道具。城乡差别小的假相暴露无遗，某一个地方被忽悠其他地方不能独善，柏林人依旧住在孤岛。

城乡差别的任何一边都摆脱不了污辱，在语言对抗的战场，语法的澄清进度等于语义侮辱的升级力度，反动语法等于乖戾之源。票仓主宰政情走势，嗜莘动物恋权、假扮从属文化中心的边缘人群，与乡下人头连片，本来不是怪象但曲解成怪象，两边借以减轻胜负的分担。柏林国际左派要的是价值观本身的安全感，背离价值观的就业等于受辱，他一再更正，是人在乡下，不是乡下人在乡下，村街不是策反的独道。但是，决定性的侮辱另有出处。他住潘孜劳尔伯格，居民搬进搬出，现有人口自别的城区、外地、外国迁来，有知识、有钱的中产模样，街区整容过后房价猛涨，原住民——东德人和解体后入住的西德人——全给挤到城边和郊区去了。现住潘壳区边缘地带的潘孜劳尔伯格原住民保持东德人批判的眼色，辱骂新居民全是侵占别人家园的坏人，有钱买房的全是坏人。新住户怎能全是坏人呢，世界各地辗转一圈相中这里的平等观念，东拼西凑落脚，绞尽脑汁谋生。他们是、只是房地产业疯狂发胖的受剥削者，他们靠语言文字一类挣的一点钱都给房价吞了。别人哪里找到工作哪里安家，潘孜劳尔伯格的人违背定律，投靠这里的气氛，做想做的事。这些职业、半职业的批评家愉快承担和他们对别的阶层提出的一模一样的批评，他们参与一夜之间住的需求的巨变，似乎东方窝的习俗渗透，配合拉动内需的经济杠杆，乡下人的洒扫作息等等，挺美的。

买房这事扯平城里人和乡下人，保守恒产的死脑筋征服乘桴浮于海的活脑筋，购房潮把柏林人消磨在看房、签合同和装修的烦冗当中，国内外社会文化纷争降格到茶余饭后。柏林、德国到处是建筑工地，有山有水的乡下卖地，没山没水的城市卖地，破旧推倒、空地圈建，盖啊，盖啊。雄壮的德国经济靠着冰冷的金融业和制造业，又靠上了终得以打开消费胃口、不废研发经费、一本万利的房地产业。就是说，国门向可能犯法的难民关闭，向可能不犯法的购买力开放，利益盈缩的局外人担忧移民禁限令拍死房价，不在乎动态社会驱逐外国人的底层运动巩固底层的底层地位。

柏林，夏天，朋友们，

哦，房子。

无家；逃难；购买。

绿荫覆盖潘孜劳尔伯格，街巷没乞丐——人好玩否的跨国检验员。

二〇一六年七月——二〇一七年三月

古巴组诗

告别哈瓦那

朴素久了露骨，楼道脱板刺出，
海的黑块低洼，裂岸游影填补。

添堵好玩，姑娘们十七岁一块钱，
外国木匠陪师傅卧在机场窝着火。

天亮早，饼干的拼花哽住喉咙，
球上停云，院子里滚开水皮肤。

捶鼓，捶头，电影耗费几度电，
围阻脑壳的紧缩没有影响苦果。

我们阔得不行，经历黑市的舒服，
三五日闲步论足，哪里来哪里去。

二〇一六，十一月十一日于哈瓦那

Malecón[①]

重新整理一下同谋的思潮，

用一个星期的伤感的膝盖：

过来者是钱滚滚在海湾，

遭遇贪腐的你我两面。

中年失去了腐蚀的雅量，

撞见不得了直走旁边：

精打细算地暴发野心，

按部就班地报废顽强。

全城音乐革命，倒在台阶的

青年抠肉里弹片，起来又

---

① Malecón，哈瓦那的中外滩区。

倒下抠，到底是隔靴更痒。

累坏了，他研发临终谎言爱你，

你挥师完败，豪赌百年树人。

老战士装嫩比嫩嫩。

二〇一六，十一月十六日于哈瓦那寄赠蒋浩

站边街

泥塑那些门洞和街边角，

迂绕那些铁架和塑料布，

螺旋进去供销社同时旋出一节，

他们不眨眼挑动围观。

相机也就排查一副表情，

六十几，你要她就表现，

厕所里烧饭大家方便。

浓睡三昼夜，估计还要一昼夜，

之前生日了两日两夜。

做梦就是上班就是好哇，

床边妈咳嗽赶蚊子。

顶立行为是车站的漩涡所预谋的，

你死得早在很久前，火车也没了,①

四人同行，牙痛省下许多答应。

二〇一六，十一月三十日

———————

① 诗人何塞·马蒂故居位于哈瓦那火车站斜对面。

购房

我们多数人眷恋围困。

我们比老，海潮与心潮。

我们古巴生产预言家，你就是

我们的旅游纪念品。

你靠公园的 WIFI 回去世界，

我遵从凉风的热感，花脉分岔，

露台滑着抽屉的暗气，

拉出逐渐尖细的楼梯。

首选结婚，其次选一个个头相信，

要么等一下看它涨价。

（你的观点站得住脚，

加大参与面——种植后续点——

直线生意三分之二反人性。）

留地址因为，当面说话走神。

二〇一六，十二月三日

舞台

一

街民收集垃圾利索极了，

红薯和猪骨清洗两遍。

胡先生给了钱。

运出比运进美术馆还要利索，

三轮车前头专人打伞吆喝。

胡先生又给了钱。

佛罗里达叔叔教的英语

蛮管用，艺术家和干部

享受到了附加服务。

我为监控摄像头表演一段，

前途的来到先于他死。

二

钢琴弹高铁出轨的一瞬，

耍一耍灵魂。

我们想不到，

太不专业了，

台上少一人。

南美谈话段落在双方体力不支，

公车和步行总有顺眼可注意，

预约没忘只是晚一天记起，

耽搁啥碰巧经理感觉无礼。

项目经理练习岛屿的夜晚，

忽略了感受紧张的中断，

怎么用什么都能填时间，

两小时加一小时才三小时。

三

吵闹成本低廉，

　　你们群吼但是无闻；

睡在噪音上面，

　　屁股合龙剖梨；

假装加演完了，

　　这次给当了真。

过场对手更丑陋，

　　出汗冲垮半边脸。

说唱着下台

　　追打追灯的圆圈。

这时，我的手机在化妆间里，

　　在行李箱的外层。

它轻薄，存了百多个号码，

突然驾腿消失踪影。

二〇一六，十二月七日

赠捞怪贝化石的黑汉子

海上堆积的尸体呢？

可味道从哪里来的？

防晒油堵塞全身毛孔，

课本字上叠了字。

回看游乐场，有一丝后悔加强，

它转动的花架子迎接着。

来者也叫正确，

也讲色香味。

你离开这里你也就离开了别的想法，

你就换一个俗套高兴和悲伤吧。

我们，熟悉懊恼却不上心，

听任移风保持地名的平整。

你见多了，完满的停止依靠水。

你管不了海关、传送带和搬运工，

和高空的气流，和谁

莫名地震颤，其他波浪总是超重。

二〇一六，十二月十八日

意随行

皮包骨的猎物被放弃了。

我们嚼甘蔗未得一滴酒。

他们上当是更好的骗子。

革命前的礼宾车半夜发动。

二〇一六，十二月二十四日

图书在版编目(CIP)数据

二十夜和一天/萧开愚著.-上海:华东师范大学出版社,
2017.6

ISBN 978-7-5675-6502-9

Ⅰ.①二… Ⅱ.①萧… Ⅲ.①诗集-中国-当代
②随笔-作品集—中国—当代 Ⅳ.①I217.2

中国版本图书馆 CIP 数据核字(2017)第 094505 号

华东师范大学出版社六点分社

企划人 倪为国

二十夜和一天

著　　者　萧开愚
责任编辑　古　冈
封面设计　何　旸

出版发行　华东师范大学出版社
社　　址　上海市中山北路 3663 号　邮编　200062
网　　址　www.ecnupress.com.cn
电　　话　021-60821666　行政传真　021-62572105
客服电话　021-62865537　门市(邮购)电话　021-62869887
地　　址　上海市中山北路 3663 号华东师范大学校内先锋路口
网　　店　http://hdsdcbs.tmall.com

印　刷　者　上海景条印刷有限公司
开　　本　787×1092　1/32
插　　页　1
印　　张　3.75
字　　数　50 千字
版　　次　2017 年 6 月第 1 版
印　　次　2017 年 6 月第 1 次
书　　号　ISBN 978-7-5675-6502-9/I·1691
定　　价　38.00 元

出版人　王　焰

现本版图书有印订质量问题,请寄回本社客服中心调换或者电话 021-62865537 联系)